حكايا ست الحسن

رواية

العسل المسموم

أزاليا

د. جُمان الريحاني

إهداء ..

إهداء إلى عشاق الأزهار..

وجمالها،

والحكايات التي تحملها،

والمعاني التي ترافق كل زهرة بنوعها ولونها.

إهداء إلى عشاق الخيال والحكايات الخرافية

جمان الريحاني

العسل المسموم

أزاليا

في قمة أعالي جبال فلوردا كانت تعيش عائلة السيد أليكس مع ابنته الطفلة الجميلة ماريونيت التي تبلغ تسع سنوات.

ماريونيت تحب الخراف كثيرا وهي تساعد السيد فريدريك الذي يعيش غير بعيد عن بيتها في رعاية خرفانه.

السيد فردريك بمثابة الجد لها

والد ماريونيت السيد أليكس هو رجل محترم، يحبه الجميع، يعمل السيد أليكس في مجالين مختلفين،

إنه باحث علوم ويجري أبحاثا عن الأزهار النادرة والأزهار التي لها منافع أخرى غير الرائحة الذكية والجمالية.

إذ يمكن للأزهار أن يكون لها منافع أخرى فهناك من يستعمل بتلات الأزهار في الطبخ، وأيضا في مجالات علاجية.

وهناك تقطير ماء الزهر وماء الورد

وهناك من يقوم بتحنيط الأزهار

وهناك من يصنع ألوانا للرسم من الأزهار

وهناك من يصنع موادا تجميلية من الأزهار

وهناك من يصنع عطورا وزيوتا منها

وهناك من يدخل الأزهار في تركيبات كيميائية من أجل اختراعات بعض الأدوية والعلاجات ومنافع أخرى

منذ القدم وفي مناطق مثل آسيا وأمريكا الجنوبية وبعض القرى والأماكن التي لا تعتمد على الأدوية المصنعة يتم الاعتماد على ما هو موجود في الطبيعة للعلاج والتخلص من الآلام.

الأكثر أهمية بالنسبة للسيد أليكس كان أهمية الورود والأزهار العلاجية لقد كان يحب التركيبات والسحر الموجود في المواد الطبيعية والعضوية.

أما فيما يخص ماريونيت الجميلة فقد كانت تعشق الأزهار وتأخذ دائما نصيبها من الأزهار التي يجلبها والدها إلى البيت، رغم أن أليكس قد تعود أن ينهاها عن فعل ذلك فأحيانا تجرح يديها الصغيرة بأشواك الأزهار فبعض الأزهار لها أشواك حادة جدا.

السيد اليكس وبالرغم من أنه يعيش على قمة جبل إلا أنه كان يمتلك كمبيوتر ومولدا خاصا للكهرباء، وأحيانا يمكنه أن ينزل إلى مقهى أسفل الوادي فيشغل

الإنترنت ويرسل رسائل البريد الالكتروني ويقرأ ما لديه.

لقد كانت سنوات صعبة جدا عليه حيث انه ترك هذا الجبل لأجل أن يدرس بالجامعة ولكنه علم بوفاة جديته التي كانت ترعاه في غيابه وهذا ما جعله يبقى هناك ويواصل دراسته في الجامعة المفتوحة، دراسة عن بعد.

لم يقض أليكس في الجامعة إلا فصلا واحدا ستة أشهر ولكنه في تلك الفترة.

وعندما عاد إلى البيت حزن لأجل جدته وهدا ما جعله لا يعود لإكمال دراسته.

وفي السنة الثانية تفاجأ بزميلة له كان قد تعرف عليها في الجامعة وأحبها ولكنه لم يسمع منها منذ إن عاد إلى البيت، بعد أن اختفى في اليوم الذي صارحها بحبه فاعتقد لعدم اتصالها به إنها لا ترغب في علاقة معه.

تفاجأ بها على عتبة بابه فسألها وقال:

هذه أنت يا ايميلن كيف يعقل ذلك؟

ايميلين:

مرحبا يا اليكس

أليكس:

تفضلي بالدخول ولنتكلم داخلا

ايميلين:

شكرا لك يا اليكس

أليكس:

لقد اشتقت لك وللجميع ولكنني تفاجأت بمجيئك هنا

وبعد دخولهما وبعد أن قدم لها شرابا ساخنا

ايميلين:

أنا أيضا قد اشتقت لك لذا أنا هنا

أليكس:

ما هي أخبراك، ولما أنت هنا؟

ايميلين:

سمعت أنك انفصلت عن الدراسة

أنت أخبرت زميلك في السكن بأنك لا ترغب في العودة إلى الجامعة أو إلى تلك المدينة وانك قرر أن تعيش في الجبال.

أليكس:

نعم لقد كانت جدتي مريضة وماتت وأنا بعيد عنها

لقد أنبني ضميري جدا ولم استطع أن أسامح نفسي

لقد كان خطأ فادحا إن تركتها تموت لوحدها ولم استطع حضور الدفن لأجل الحجز في الطائرة وما إلى ذلك.

كان يلوم نفسه ولم يسامح نفسه في قام بحرق الجدة التي لها جذور هندي هنود حمر من أمريكا الشمالية بيد غرباء لأنه من باب الشؤم أن يتأخر حرقها عن 24 ساعة في تلك الحالة لن تحض بحياة أبدية في عالم السلام بل سوف يتم حجز روحها في جسدها ويعذب ذلك الجسد الذي لن تقبله النار عند الحرق.

كانت هذه تقاليد العائلة والقبيلة التي تنتمي إليها جدته.

الحب يطرق الأبواب

أخبرته ايميلين بأنها وقعت في حبه هي الأخرى ولم تستطع أن ترى نفسها تعيش حياة طبيعية بدونه لذا قررت أن تعيش معه أن كان هو يوافق على ذلك.

سعد بها كثيرا ولم يصدق أنها تحبه لهذه الدرجة، لقد كان هو يحبها ولكنه لم يكن يتجرأ على أن يطلب منها أن تضحي بحياتها ودراستها والمدينة لأجله.

ولكنها جاءت بالفعل وبدون سابق إنذار حتى وجدها بكل جمالها وأناقتها وحلاوتها، وحبها وإصرارها على البقاء معه مهما كان ما يحصل.

كان لا يزال خائف من أن تندم لذا قال لها:

لما لا تجربي الحياة معي هنا في الجبال فربما لن يعجبك الوضع

ولكنها كانت قد جاءت بقرار واضح وإصرار على أنها سوف تعيش معه في أية ظروف هو فيها.

وهي مستعدة وتعرف أنها لن تندم

لقد كانت فتاة محاربة، وتفعل المستحيل في سبيل ما تريد.

سألها أليكس عن الدراسة وقال:

وماذا ستفعلين فيما يخص الدراسة؟

فقالت:

لقد سبق وأن فكرت في الموضوع ولدي خطة من أجل ذلك

لم يفهم أليكس ما كانت تقصده ولكنها كانت تقصد الجامعة الحرة.

نفذت خطتها ولم تكن فقط فكرة، لقد تقدمت بالفعل للجامعة الحرة وأرادت أن تعيد مع أليكس الفصل الذي تأخر عليه، فقد قدت له طلبا أيضا.

كانت ايميلن قد فكرت في كل التفاصيل ومن حبها له قد كانت تبحث دائما على الحلول ولا تكتفي بالتفكير في أية مشكلة.

لم يصدق أليكس ما فعلته ايميلن لحد الآن من أجله،

في تلك السنة بالذات وبعد أن عاشت معه شهرين متتالين تقم لخطبتها والبسها خاتما تركته جدته لقد تشجع وتقدم لخطبتها بعد أن رأى بأنها تستمتع بحياتها معه.

فهي لم تشتكي من شيء بل كانت تستمتع بكل تفاصيل الحياة، كانت تستمتع بكل ما هو متوفر، وبيومياتها مع أليكس، كانت تستمتع بالطقس والظروف والبيت والطبيعة.

كما كانت ايميلن متحمسة للدراسة فجهزت جدولا للدراسة لكي تدرس مع حبيبها لقد كانت تقضي وقتا ممتعا.

الخاتم الذي قدمه لها كان من الفضة وعليه حجر بشكل زهرة، خاتم جميل، والزهرة تبدو رائعة لونها وردي.

خمس بتلات من الفضة الوردية تصعد إلى الأعلى، تخرج من قاعة ياقوتية خضراء، وبداخلها خمس أسديات من الياقوت الوردي.

لقد كان خاتما ذا قيمة معنوية أكثر من قيمته المادية، وافقت ايميلين على الزواج بأليكس فتزوجا في عيد الكريسماس من تلك السنة.

وبعد مرور أربعة سنوات وقد أكملا دراستهما وأنجبت ايميلين لأليكس فتاة صغيرة جميلة أطلقا عليها اسم ماريونيت، حدث شيء غريب وأصيبت ايميلين بحالة شبيهة للشلل ولم يعرف الأطباء ما بها.

كانت لازالت تستطيع الكلام لذا طلبت من زوجها أن يأخذها إلى البيت لكي تبقى معه ومع ابنتها الصغيرة.

وبعد مرور أشهر وهي على تلك الحالة التي كانوا يقولون أنها شلل لا إدراكي ليس له علاج محدد لأنهم لم يكتشفوا السبب في حصوله.

بحث أليكس عن ذلك المرض كثيرا ولم يجد
شيئا، فقرر أن يجري أبحاثا عنه ولكن الزمن لم يسعفه
فقد توفيت زوجته وهذا الأمر كان صعب جدا عليه.

حزن عليها كثيرا وبعد فترة من الزمن كان عليه
أن يستجمع نفسه من أجل طفلته الصغيرة، لقد أصبح
قويا لأجلها.

وبعد مرور سنة وفي نفس يوم ذكرى وفاة زوجته قرر أن يكمل دراسته من البيت وان يجري أبحاثا عن ذلك المرض الذي فتك بها.

وهذا كان السبب في أبحاثه التي تعمق فيها ليجد بأن هناك أزهار نادرة يمكنها علاج أمراض مستعصية وهذا ما كانت تخبره به جدته عندما كان طفلا صغيرا.

كانت جدته تخبره بأن هناك علاجا في الأعشاب ويمكن للطبيعة أن تعالج ما يعجز عن علاجه البشر،

ومن يكتشف حقيقة الطبيعة يمكنه الوصول إلى
أسرارها.

كان يخرج في رحلات ليست للتخييم بل للبحث
عن ما يساعده في أبحاثه العلمية وأيضا لاكتشاف
أماكن قد توجد بها بعض أسرار الطبيعة، في تلك
الرحلات التي قد تمتد لمدة أسبوعين أو ثلاثة أسابيع
أحيانا ولكنها لم تتجاوز الشهر، كان يترك ابنته الغالية
في رعاية السيد فريدريك.

عندما بلغت ابنته سن التاسعة من عمرها خرج
السيد أليكس في رحلة إلى قمة جبل لوحده وترك
الصغيرة مع جدها السيد فريدريك.

لقد عاد بعد مدة دامت عشرون يوما، أثناء غيابه
عانى السيد فريدريك من تخذير في ذراعه الأيسر
فكان كأنما شلت ذراعه وهذا ما جعل الطفلة ماريونيت

تخاف كثيرا على السيد فريدريك واعتقدت بأنه سوف يموت مثلما ماتت والدتها بالشلل.

ولكنه لم يظهر أمامها بأنه مريض هي ولأنها فتاة صغيرة ذكية قد لاحظت بأن يده خذرة.

يمتلك السيد فريدريك خرافا وأيضا لديه منحلة صغيرة.

وبعد عودة والدها الذي احضر معه هذه المرة
زهرة واحدة، لقد كانت زهرة وردية لم تعلم أين رأتها
سابقا ثم تذكرت بأنها تتشبه إلى حد كبير الزهرة التي
في خاتم والدتها الذي مازال في صورة على المدفأة
حيث تقف والدتها بفستان وردي طويل فاتح اللون
وهي حامل في الشهر التاسع ويحتضنها والدها وهي
تضع يدها التي بها الخاتم على بطنها.

وعندما سألت ماريونيت والدها عن الزهرة أجابها
بأنه يحتاجها لإجراء اختبارا عليها في المختبر فربما

تحمل علاجا لذلك المرض الذي تسبب في موت والدتها.

لقد تمكنت أن تحصل على العلاج لأجل السيد فريدريك ولم تكن تفهم حقا كلام والدها.

وبينما خرج والدها تذكرت بأنها تذكرت مرة أن السيد فريدريك متعود على غلي الأعشاب لكي يجعل منها شرابا علاجيا مثل النعناع والروز ماري إكليل الجبل وغيرها.

فتسللت إلى حيث يضع والدها أغراضه الثمينة مثل الكمبيوتر والكتب والأبحاث والأزهار.

كان لديه مجموعة عظيمة من الأزهار

بعضها مجفف ويعضها في قارورات وبعضها لازال يحافظ على شكله والبعض كان صورا في إطارات على جدار العلية وغيرها.

دخلت تلك الطفلة الصغيرة ولها نية طيبة لمساعد الجد فريدريك فاقتربت من الزهرة التي موضوعة في إناء لكي يحميها من الجفاف.

فتحت الإناء وأدخلت يدها لدي تأخذ بتلة واحدة دون أن يلحظ والدها ذلك.

المشكلة هي إنها ما إن فتحت الإناء حتى خرجت نحلة لقد التصقت بزهرة أخرى كانت على شعر ماريونيت التي لم تنتبه للنحلة فأخذت بتلة واحدة وخرجت مسرعة.

والنحلة لازالت ملتصقة بالزهرة على رأسها.

لمسة شفاء

توجهت ماريونيت إلى بيت السيد فريدريك الذي كان يأخذ قيلولة، فدخلت بهدوء وهي متعودة على فعل ذلك

وأخذت إناء ووضعت فيه البتة وماء وقامت بغليها ثم ووضعت الشراب في كاسين احدهما لها والآخر للسيد فريدريك.

في تلك اللحظة بالذات استيقظ السيد فريدريك وسأل من يحدث الضجة.

فأجابت:

إنها أنا، لقد حضرت لنا شرابا علاجيا

فأجابها وهو يضحك وقال:

أنت تحضرين العلاجات لقد ذكرتني بجدتك لقد كانت تقول بأن لها لمسة سحرية فإذا يدها لمست الأعشاب أصبحت أكثر علاجية.

كما أن جدتك كانت تقول بأنها إذا استنشقت البخار الذي يصعد من الأعشاب أثناء غليانها فإنها تشعر بأن ذلك البخار يندمج مع أنفاسها ومع رائحتها فيعطي رائحة في الهواء تهدئ الأعصاب وتجعل أعضاء الجسد تتصالح مع بعضها.

كما أنها أحيانا ترتشف رشفة من الكأس التي سوف تقدمها لأشي شخص مريض فيشفى وأنا لا اعرف ما الحكمة في ذلك ولكنها كانت لمسة شفاء فعالة.

ضحكت الصغيرة وقالت:

أنا أيضا يمكنني فعل ذلك.

أخبرها الجد وقال:

أنت طبيبتي المعالجة إذن

جلس للمائدة ثم قال لها:

ماذا طبخت؟

ماريونيت:

إنه سر

الجد فريدريك:

يمكنك فعل ذلك

دعيني أضيف بعض العسل الذي تحصلت عليه هذا
الصباح سوف يعجبك

ماريونيت:

حسنا

الجد فريدريك:

انظري يا ماريونيت هناك نحلة على العسل، ولكن من أين أتت؟

إنها نحلة غريبة لم يسبق لي أن رأيت نحلة بهذا اللون.

ماريونيت:

إنها نحلة حمراء

الجد فريدريك:

إنها نحلة غريبة ربما جاءت من مكان أخر، ولكن كيف دخلت كل الأبواب والنوافذ مغلقة؟

ماريونيت:

ربما دخلت معي عندما جئت، لقد طارت.. انظر

الجد فريدريك:

هي لم تبتعد إنها على الزهرة التي على شعرك، ربما أنت على حق ربما أنت من احضرها هنا، ربما كانت على تلك الزهرة الوردية الجميلة التي على شعرك.

ماريونيت:

ولكن ما بك جدي، زهرتي ليست وردية إنها زهرة بيضاء

الجد فريدريك:

لا إنها وردية وجميلة من أين حصلت عليها لم أر هذه الزهرة في الأرجاء.

أخذت ماريونيت تلك الزهرة من على رأسها لتجد بأنها زهرة وردية اللون وعليها نحلة حمراء اللون ولم تكن الزهرة حقيقية بل أشبه بزهرة مجففة أو مصنوعة من القماش.

وقالت:

هذه ليست لي، لا اعلم من أين أتت؟

الجد فريدريك:

بالطبع هي لك

ماريونيت:

هل تظن ذلك؟

الجد فريدريك:

هل تعلمين يا عزيزتي بأن لك تصرفات غريبة تشبه
تصرفات جدتك.

ماريونيت:

ما رأيك بطعم الشراب، هل أعجبك؟

الجد فريدريك:

لا اعلم حقا يا عزيزتي طعمه مر قليلا هذه رابع ملعقة عسل وطعمه لا يتغير

ربما طعم العسل ليس جيدا

ثم أخذا قليلا من العسل وعند تذوقه وجد بأن العسل حلو الطعم ولا عيب فيه.

تذوقت ماريونيت شرابها فقالت لجدها:

هل تعلم يا جدي شرابي حلو المذاق أيضا وأنت لم تضع إلا ملعقة عسل واحدة لي؟

أظن انك أنت من بك عيب تذوق

هل أنت مريض يا جدي؟

الجد فريدريك:

لا بالعكس أشعر بأنني بأفضل حال

ربما السر في الشراب الذي سقيته لي يا طبيبتي المعالجة.

ماريونيت:

شكرا يا جدي

الجد فريدريك:

شكرا ل كانت يا حبيبتي

خرجت ماريونيت من بيت الجد وهي تحمل الزهرة بيدها ولا تعلم من أين جاءت، فدخلت غرفتها ووضعت الزهرة على طاولتها التي بالقرب من سريرها، ثم سمعت والدها يناديها للنزول لتناول طعام العشاء.

عندما نزلت وجدت والدها يقوم بتسجيل بعض الملاحظات عن تلك الزهرة، لقد كان والدها يقوم بالعمل حتى على طاولة الطعام.

كان أليكس يقول، للزهرة خمس بتلات

وكلام آخر

خافت كثيرا ماريونيت من والدها عندما سمعت تلك الملاحظة وقالت له:

خمس بتلات

أليكس:

نعم يا حبيبتي فلكل زهرة عدد بتلات يختلف من نوع لآخر

ماريونيت:

وهل العدد مهم

أليكس:

مهم، نعم مهم في صنع العلاجات فأحيانا تكون هناك أهمية لنسب مواد معينة توجد في عدد من الأزهار أو في عدد من البتلات

ماريونيت:

أبي أريد أن أصارحك بشيء

أليكس:

ماذا؟ يمكنك مصارحتي بأي شيء

ماريونيت:

أبي لقد أخذت بتلو من الزهرة

أليكس:

كيف فعلت ذلك؟

ماريونيت:

دخلت إلى المختبر وفتحت الإناء وأخذت بتلة من
الزهرة

أليكس:

وماذا فعلت بها؟

ماريونيت:

قمت بغليها في الماء لأجل جدي إنها تشفي من الشلل، لا أريد لجدي أن يموت مثل أمي، لقد شلت ذراعه عندما كنت غائبا.

أليكس:

ولكن لا أظن ذلك صحيحا لأنني قد أغلقت على الزهرة في الصندوق بمفتاح وهاهو مع مفاتيحي فكيف حصلت عليه أنا لم انزعه من مفاتيحي أبدا.

ماريونيت:

لقد وجدت الصندوق مفتوح

أليكس:

لا يمكن ذلك كما أنني قبل قليل كنت في المختبر ورأيت الزهرة وهي لازالت على حالها بالضبط مثلما تركتها

ماريونيت:

لا يمكن ذلك يا أبي

وهرعت ماريونيت مسرعة باتجاه الطابق العلوي إلى مختبر والدها لترى إن كانت البتلة التي أخذتها يظهر اختفاؤها جليا.

فناداها والدها وقال:

إلى أين؟

ماريونت:

إلى المختبر لأثبت لك بأنني أخذت بتلة

ولكنها تفاجأت بأن الزهرة كانت مكتملة وكأنها لم تلمس

حاولت أن تشرح لوالدها ولكنه كان يضحك ويمزح معها ويقول ربما كنت تحلمين

ماريونيت:

ولكن جدي قال بأنه يشعر بتحسن

أليكس:

ربما تلك إحدى معجزات كريسماس

ماريونت:

أو ربما إحدى معجزات جدتي، أنا أعلم أنها كانت مميزة لقد أخبرني جدي.

أليكس:

نعم يا حبيبتي لقد كانت مميزة

ذهبت ماريونت إلى غرفتها لتجد تلك الزهرة وقد أصبحت امرأة جميلة وعندما سألتها:

من أنت؟

قالت:

أنا أزاليا لقد رأيت بأنك تريدين مساعدة جدك لذا ساعدك على علاجه.

ماريونت:

هل أنت هي الزهرة التي كانت على رأسي؟

أزاليا:

بل أنا الزهرة التي أحضرها والدك من الجبل ثم تحولت إلى نحلة ورافقتك إلى بيت الجد

كنت أريد ان اعرف ما كنت ستفعليه بالبتلة، وقد ساعدتك في صنع الشراب ووضعت لك قطرة عسل على العسل الذي كان لدى جدك وهو عسل مر ولكنه

يمكنه أن يشفي من الأمراض مثل الشلل الذي كان قد عانى منه جدك وسوف لن يعاني من أي مرض لمدة طويلة جدا ربما حتى تصبحي أنت عجوزا كبيرة.

ماريونت:

ولكن أنت تشبهين أمي قليلا

أزاليا:

ربما هو لون فستاني فهو نفس لون فستان والدتك في تلك الصورة التي تحبينها عندما كانت حاملا

ماريونت:

هل ستبقين معنا

أزاليا:

ليس لدي مكان الآن لقد قام والدك بقطفي وها أنا

ماريونت:

ابق معنا رجاء

أزاليا:

لا أريد أن يراني والدك سوف يخاف

ماريونت:

لما يخاف؟

أزاليا:

الكبار لا يفهمون، سوف يسأل من أنت ومن أين جئت؟

ماريونت:

لا تريدين أن تخبريه بأنك زهرة

أزاليا:

لن يفهم ولن يصدقني

ماريونت:

لدي فكرة

أزاليا:

غدا يمكنك أن تقفي على الباب وتطرقي ثم أخبريه
بأنك جئت لتدريسي انه يبحث عن مدرسة لي

ماريونت:

هل تظنين ذلك؟

أزاليا:

نعم رجاء ابقي معنا أبي لن يمانع

في اليوم الموالي سمع أليكس طرقا على الباب وعندما فتح الباب كانت هناك فتاة جميلة بملابس شتوية فالجو بدأ يصبح باردا وقالت:

مرحبا سيد أليكس؟

أليكس:

نعم، من يبحث عنه؟

الفتاة:

أنا أبحث عن عمل وسمعت أنك تبحث عن مدرسة خاصة

أليكس:

نعم بالفعل ومن أنت؟

أزاليا:

آسفة أنا أزاليا وأنا ابحث عن عمل يمكنني تدريس ابنتك إن كان ذلك يتوافق مع خططك

أليكس:

ومن أخبرك أنني بحاجة لمدرسة

فجأة خرجت من وراءه ابنته وقالت:

واو هذه معلمتي الجديدة

شكرا يا والدي هذه أجمل هدية انظر إن الثلج يتساقط

أمسكتها من يدها وقالت:

هيا تفضلي الجو بارد بالخارج

والدي هذه أجمل هدية حصلت عليها

إنها هدية الكريسماس المثالية شكرا

أدخل أليكس المرأة دون أن يجد ما يقوله لابنته المتحمسة كثيرا.

ولكن أليكس كان قد شعر بشيء ما

عندما فتح الباب لتلك الفتاة لا يعرف لما ولكنه تذكر عندما فتح الباب ووجد إيميلين على الباب والتي جاءت لتعلن له حبها وتستقر معه وتعيش حياتها معه، لا يعلم لما ولكنه شعر بذلك.

فقد كانت أزاليا تحمل حقيبة بها أغراض وكأنها جاءت لتستقر وليس لترى إن كان بإمكانها الحصول على العمل.

وكانت تضع قبعة صوفية رمادية على رأسها وتلبس معطفا اسودا وبنطالا اسودا وشالا وحذاء متوسط طول العنق بنيان، وشعرها بني قصير.

كانت تشبه بشكل ليس قريبا جدا من حبيبته إيميلين ولكن جعلته يشعر بنفس الشعور تقريبا.

لقد أغلق باب البيت ولكنه كان قد فتح باب قلبه للحب مرة أخرى..

.

قفاز الثعلب

كان يا ما كان في قديم الزمان يحكى أنه كان

كانت هناك غابة جميلة تعيش فيها مجموعة من الحيوانات، تعاهد هؤلاء الحيوانات أمام وردة ذات لون بنفسجي وأطلقوا عليها اسم وردة العهد، حيث تعاهدوا أمامها أن لا يخدع احدهم الآخر وان يعيشوا معا في سلام في هذه الغابة.

كانت تلك المجموعة من الحيوانات مكونة من دجاجة وأرنب وثعلب وقط وحمامة وغزالة.

قبل الجميع بالعهد وقطعوه أمام تلك الوردة التي كانت وسوف تلتهم من يخون العهد.

لم يكونوا على علم بأن الوردة سامة ولكن الحمامة أخبرتهم بذلك لذا قرروا أن تكون هي الشاهدة على عهدهم والتي تعاقب من يخون عهدهم.

أما بالنسبة لبقية الحيوانات فقد كانت الأرنب هادئة جدا أما الدجاجة فقد كان همها الوحيد تتبع الديدان للحصول على الغذاء وهذا الأمر كان يشغلها طوال الاجتماع، لكنها بعد قطع العهد قررت أن تتغذى فقط على الخضار والفواكه وان لا تؤذي الديدان بعد الآن.

وقد فكرت في أن تبحث عن أي مصدر للطعام يعوض لها غذائها المفضل.

وقد كانت عند وعدها

أما بالنسبة للغزالة فقد كانت تتغذى على الأوراق والأعشاب وتلك طبيعتها.

أما بالنسبة للقط فقد قرر أن يتغذى على أي شيء المهم أن لا ينقض العهد.

ففكر القط وفكر ثم قرر التوجه إلى الثمار المتناثرة على الأرض.

والمهم بالنسبة له أن يبقى في الغابة الخلابة.

وأخر حيوان كان الثعلب والذي قال لهم:

أنا لن اعتدي على الحمامة ولا القط ولا الغزالة ولا الدجاجة ولا الأرنبة الخجولة.

وهكذا قرر الجميع العيش معا في سلام.

وبالفعل فقد بقوا فترة طويلة يعيشون في سلام وأمان ووئام حتى حدث أمر ذو يوم.

ذات يوم حدث أمر خطير، شعر الثعلب بجوع شديد، ومل من تناول الأوراق والأعشاب والثمار واشتاق كثير لطعم اللحم.

فكان يشعر بالأسى وكلما نظر إلى احد من أصدقائه تخيل مشويا أمامه فلم ينجو من تفكيره الدائم في اللحم وخياله يشاغبه بلحم مشوي حمامة ودجاجة وقطعة أو غزالة مشوية ولم تنجو من خيالاته حتى الأرنبوية الخجولة وهي مشوية أمامه.

لكنه في كل مرة كان يتمالك نفسه حتى تدمع عيناه دموعا حمراء فيذهب عنه التفكير الشديد ويحس نفسه منهكا متعبا.

استمر الثعلب مع هذه الحالة كثيرا حتى أصبح جلدا على عظم.

ولسوء تلك الحالة ولأنه لم يعد يتحمل قرر الثعلب أن يترك تلك الغابة وان يذهب بعيدا، بعيدا للبحث عن الغذاء.

فليس هو مثل البقية يرضي بنفس غذائهم وكان يرى بأن الأمر ليس بيده.

فكر الثعلب كثيرا في طريقة لكي يخرج من تلك الغابة دون أن يؤذي أصدقائه، لكن الطمع استبد به وأحاط به ودمر الطيبة في قلبه وقتل الإحساس الذي في داخله.

وهكذا فكر أن يأكل أحد أصدقائه، ثم يخرج من الغابة ودون عودة.

لأنه بهذا التصرف يكون قد نفض العهد وخان الصداقة.

ومن أجل ذلك جلس الثعلب مع نفسه وهو يفكر في كل الاحتمالات

أولا:

اذا اختار الحمامة كان من الممكن أن تطير وتفضحه في الغابة كلها

ثانيا:

إن كان اختياره الدجاجة فهي سوف تصرخ بصوتها العالي وتحدث ضجة وتكشف أمره لا محالة

ثالثا:

اختار الغزالة سوف يجعلها تجري بعيدا وتهرب منه وتخبر الجميع أو يراه الجميع وهو يطاردها.

رابعا:

القط لم يكن الثعلب يفضل لحم القط ولا يتصور أن طعمه سوف يعجبه

وهكذا بعد كل تلك الاحتمالات والفرضيات وقع اختياره على الإرنوبة الخجولة.

لقد كانت الأرنوبة هي الاختيار الجيد والمناسب لأنها هادئة وسوف يأكلها في هدوء وينقض عليها مرة واحدة ولن تشعر بشيء ولني علم بأمرها أحد.

وهكذا كانت الأرنوبة هي الخيار الأمثل لأنه سوف يلتهمها ويغادر الغابة الجميلة في هدوء تام.

قام الثعلب بحياكة خطة محكمة من أجل أن يحقق
هدفه، وهكذا في لقاء كان بينهما قال لها:

أيتها الأرنوبة أريدك أن تساعديني اليوم

الأرنوبة:

بماذا؟

الثعلب:

أن تحضري لي الطعام إلى جحري

الأرنوبة:

نعم سوف أفعل ذلك

الثعلب:

لا تخبري أحدا بأنك قادمة إلي بالطعام

الأرنوبة:

لما؟

الثعلب:

لكي لا يسخر مني الجميع

الأرنوبة:

لما سيسخرون؟

الثعلب:

سوف يقولون بأنني أصبح عاجزا ولا استطيع أن أعيل نفسي واطعم فمي

الأرنوبة:

حسنا

الثعلب:

جيد

وبما أنها هادئة فقد قررت أن تساعده وأن تذهب إليه دون أن تخبر أحدا بأن سوف تتوجه إلى جحر صديقها الثعلب.

هكذا ومع منتصف النهار أمسكت الارنوبة عدة أوراق
بفمها وتوجهت إلى جحر الثعلب، ولكنها غطست
الأوراق في الماء لكي لا يشعر الثعلب بالعطش فيأكل
ويروي ظمأه في نفس الوقت.

لقد كانت المسكينة تعامله بطيبة لأنها تعتبره صديقها،
فذهبت إليه وقدمت له الطعام الذي أحضرته معها.

تظاهر الثعلب بالمرض وقال للأرنوبة:

أرجوك ابقي هنا معي حتى أتناول طعامي فأنا مريض

الأرنوبة:

حسنا

الثعلب:

شكرا ل كانت صديقة وفيه

احمرت الأربنوبة خجلا لأنها أرنوبة هادئة وتستحي كثيرا.

بعد ذلك تظاهر الثعلب بأنه يتناول الأوراق المبللة بالماء، وكان لعابة يسيل على الأوراق وهو ينظر خلسة إلى الأبرنوبة ويتخيلها مشوية وسوف ينقض عليها وهي بين أسنانه وتملأ بطنه.

لقد كان خياله خصبا ولعابه يسيل على الأوراق إلا أن الأرنوبة لم تنتبه لذلك.

وما هي إلا لحظات حتى انقض عليها فعلا والتهمها دون أن تصر أي صوت.

وبعد أن امتلأت بطنه وشبع لم يستطع الحركة.

هذا الثقل الذي كان يشعر به عطل مخططاته لأنه كان من المفروض أن يغادر الغابة على الفور ولكنه بعد أن وجد بأنه ثقيل ولا يتحرك بسهولة فكر ثم قرر أن يغادر الغابة غدا صباحا.

لقد كان صديقا خائنا ولا يصلح وصفه بالصداقة بل كان مجرد ثعلب خائن يجب أن لا تقترن كلمة صديق مع خائن لذا فقد كان خائنا وكفى.

بحث الأصدقاء عن الأرنوبة كثيرا بعد أن شعروا بأنها مفقودة وبحثوا في كل مكان، ولكنهم لم يتمكنوا من العثور عليها وقد حل الظلام.

وبعد أن تعب الجميع من البحث والمناداة على الأرنوبة ولم يعد يظهر لهم الكثير من الغابة قرروا أن يخلدوا إلى النوم وأن يواصلوا البحث عنها في الغد ان استمر غيابها.

وهكذا عاد كل منهم إلى بيته من أجل الحصول على قسط من الراحة على أمل أن يجدوا صديقتهم يوم غد.

أما بالنسبة للقط فهو لم يتمكن من النوم لذا بقي طوال الليل يبحث عن صديقته الهادئة في كل أنحاء الغابة ولسببين.

أول أسبابه في الاستمرار في البحث هو أنه كان يستطيع الرؤية ليلا.

وثاني الأسباب هو انه خاف أن تكون مريضة وتعاني في صمت في مكان ما ولا تستطيع أن تعلو بالصوت لطلب النجدة فهي لطالما كانت هادئة.

وبعد طول بحث تذكر الثعلب الذي كان غائبا هو الآخر ولم يشاركهم في البحث عن الأرنوبة، وقد كان يعلم بأنه يحب البقاء في حجره لذا توجه إلى بيت الثعلب ولكنه لم يجده هناك.

بدأ الفجر في البزوغ وما هي إلى لحظات حتى طل النهار وبدأت الحيوانات في الاستيقاظ جميعها.

وفجأة وجد القط الثعلب ميتا أمام وردة العهد، وهو يلبس قفازا من تلك الوردة.

اجتمع الجميع حول جثة الثعلب وهم يستغربون الأمر الذي حصل.

استنتج الجميع بأن الثعلب هو خائن وقد أكل الأرنوبة لأنها قد اختفت وتلك ليست عادتها.

وبما إن الثعلب أصبح خائنا وقد خان العهد الذي
قطعوه أمام الوردة لذا فقد عاقبته الوردة وانتقمت منه
بأن سلبته حياته ومنعته من الهروب والعيش لكي
يعيش حياة بعيدا عن الغابة.

لم تكن الوردة لتسمع له بأن يلوذ بالفرار لذا
سممت أطرافه فأصبح يرتدي قفازات من الوردة.

ومنذ ذلك اليوم أطلق الأصدقاء على تلك الوردة
قفاز الثعلب على تلك القفازات التي يلبسها الثعلب
عقابا له على الحياة وعلى ما اقترفته يداه من ذنب إن
أكل صديقته وخان كل أصدقائه.

وهكذا سوف تبقى تلك الوردة شاهدة على فعلته
الشنيعة، ورمزا لخيانته وأيضا منذ ذلك اليوم لم يعد
أحد من الحيوانات يثق بالثعلب الذي يدعي الصدق
ولكنه يتصف بالمكر والخداع والخيانة لأنه خان
أصدقائه.

شجرة الانتحار

ولدت أوكيغاهارا وعاشت حياة طيبة ولكنها لم تكن راضية بحياتها وهذا ما جعلها تفر من بيت أهلها، وبعد ذلك عانت كثيرا.

لقد عانت من الظلم وقلة الحظ وأيضا من سوء طالعها، فهي لم توفق بزوج يحبها وبعد أن مرت العديد من السنوات والتي فكرت فيها في أن تتخلص من حياتها وأخيرا وقعت في حب رجل اعتقدت بأنه رجل أحلامها.

الرجل الذي أحبته أوكيغاهارا كان ولسوء حظها رجلا زير نساء ولم يتوقف سوء طالعها فقط عند هذه النقطة فقط بل كانت لا تزال أمامها الكثير من المفاجآت غير السارة في حياتها.

لقد قررت دون علمها بمدى سوء حظها في ذلك الرجل بالذات رغم أنها تعلم جيدا بأن حظها عموما هو حظ سيء أن ترتبط بهذا الزوج.

ورغم تحذيرات الناس لها وقد اخبرها كل من سمع بأنها تحب ذلك الرجل أن تبتعد عنه على الفور، لأنه كان يشكل خطرا عليها.

الحب أعمى عينيها ولم تستطع أن تشعر بالحقيقة التي يكلمها عنها الناس.

الجميع كانوا يعرفون حقيقة ذلك الرجل الذي لم يكن مجرد رجل عادي بل كان ساحر النساء، يسعى في كل مرة لكي يجعل إحدى النساء تقع في حبه وهكذا تريد أن ترتبط به

وبعد أن يوقعها في حبه فانه يستنزف طاقتها للحياة من أجل أن يكتسب عمرا أطول وهذه كانت تعويذة أو لعنة يلقيها على النساء اللواتي يقعن في حبه.

اللعنة تتحقق بأن يقوم ذلك الساحر بإلقاء تعويذة على الفتاة التي تحبه وتحبه بشدة ومستعدة لكي تضحي بكل العالم من أجله.

فيخطبها أو يخطفها ويتزوجها وهكذا يمتلكها وبعد ذلك يأسرها في حياته وبيته، فيلقي عليها لعن بأن لا تموت وهو يمتص الحياة منها.

لقد كان لديه نساء مسجونات في الجدران وأخريات مسجونات في اللوحات المعلقة على الجدران وأخريات مسجونات في الستائر، فأينما يكون هنالك وجه تكون هناك زوجة مسجونة.

لقد كان الجميع يعلم بأن زوجاته يختفين بعد زواجهن بيوم واحد، ولكن كل امرأة تقع في غرامه لا تصدق أي كلام يقال عنه.

وهكذا تم الزفاف وتزوجت أوكيغاهارا من رجل أحلامها، ذلك الساحر والذي جعلها تقع في حبه ولكن القصة لم تنتهي عند هذا الحد بل كان لا يزال أمامها المزيد.

شعرت أوكيغاهارا بسعادة عارمة لأنها قد حققت حلمها ووجدت الأحب أخيرا، لقد كانت في قمة السعادة لأنها تزوجت وسوف تصبح لديها أسرة وزوج وبيت وأبناء.

أجل لقد كانت تحلم بأن يصبح لديها أبناء ورغم أنها لم تكن سعيدة مع والديها إلا أنها كانت تفكر في أن

يكون لها أبناء وتقوم بتربيتهم بطريقة مختلفة عن تلك الطريقة التي تربت بها هي لأنها قد عانت من حياة سيئة وطفولة بائسة بسبب سوء معاملة أفراد عائلتها لها.

لقد كان قلب أوكيغاهارا ينتفخ من قوة الحب والسعادة وهي كانت تشعر بأن قلبها ليس على ما يرام ولكن تفسيرها للأمر لم يكن صحيحا بل لقد كانت اللغة التي ألقاها عليها العريس وذلك عندما وضع الخاتم على إصبعها.

كان للساحر طقوس كثيرة لكي يصل إلى مبتغاه،
وليس أية امرأة هو يرضى بها، بل كانت هناك الكثير
من المواصفات التي يجب أن تتوفر في المرأة التي
يريد الارتباط بها ومنها:

أولا:

أن تكون جميلة لأن الحياة ترتبط بالجمال، والحياة التي
تخرج من الجمال أعظم من غيره.

والجمال حين يموت يطلق سراح حياة قوية

ثانيا:

أن يكون عمرها بين السادسة عشر والخامسة والعشرون، وبمرور الزمن وتقدمه في العمر كثيرا ورغم أن السن لا يظهر عليه إلا أنه قد رفع سن الفتيات إلى الثلاثين.

ثالثا:

أن تكون الفتاة عذراء وهذا أحد أهم الأسباب والتي لا يمكن أن يتنازل عليه فهو من أقدس الشروط في تضحياته.

رابعا:

فتاة متحررة وليست تابعة لأراء أهلها بل فتاة حرة أو ربما يتيمة لكي لا يبحث عنها أحد عندما تختفي، ولا يقتفي أثرها أحد.

خامسا:

سهلة ومطيعة وليست صعبة المراس ولا متعبة ومجهدة.

سادسا:

أن تخضع لقوته بمجرد إلقاء أول اللعنات عليها.

سابعا:

أن لا تكون ساحرة ولا ابنة ساحرة أو امرأة لها أية علاقة بالشعوذة وهذا أمر سهل بالنسبة له ويسهل اكتشافه بقوته التي يمتلكها.

ثامنا:

أن تكون من النوع الذي يخضع للعنات بشكل سهل وهذا تبعا لطبيعة جسدها وروحها فهناك أشخاص سهل أن يتم لعنهم وهناك أشخاص يصعب أن تلتصق بهم اللعنات

تاسعا:

أن تكون امرأة تؤمن بوجود الحب لكي تقع في الفخ وتدخل اللعبة بسهولة

عاشرا:

أن تكون امرأة تؤمن بالزواج والأسرة وترغب في أن تستقر وتكون معه أسره

كما أنه قد كان يخضع الفتيات إلى بعض الاختبارات لكي يختار منهن الفتاة التي سوف تصبح زوجته القادمة.

لقد احتفل الساحر بالكثير من حفلات الزفاف على مر السنين وفقدت كل العرائس اللاتي اتخذهن زوجات له بعد يوم واحد من الزفاف.

لم يكن الساحر يخاف من سكان مدينته ولا يغير مكان سكنه أبدا فعلى مر عقود وعقود وهو يعيش في

نفس المكان والناس يخافون منه ويحاولون أن يستروا بناتهم منه بطريقة أو بأخرى.

هناك من كان يدعي بأنه قد ولد له طفل ذكر ويقوم بتربية بناته على أنهن أولاد ذكور فيقصون لهم شعورهن ويجعلونهم يرتدون ثيابا مثل الأولاد ويلعبون العاب الأولاد حتى يقوموا بتزويجهن فينتهي القلق.

وهناك من كان يخبئ بناته في البيت ولا يدعهن يخرجن إلى الشارع أبدا فيكبرن في البيوت ويقومون بتزويجهن أيضا.

وهناك من يقوم بتربية بناته على ان لا يعشن بالعذرية بل يتخلصون منها مع البلوغ في احتفال للتخلص من العذرية بين البنات وشباب المدينة.

وهكذا أصبح أهل المدينة يعرفون عدوهم ولا يقتربون من بيته الكبير والذي له حصن منيع.

ولكن الساحر لم يكن يعتمد على بناتهم فقط بل كان بواسطة سحره يستقطب الفتيات إلى تلك المدينة بأي سبب كان، مثلما حدث مع أوكيغاهارا التي لم تكن من تلك المدينة وقد أتت بها الظروف إلى هناك.

تم الزفاف وأصبحت أوكيغاهارا زوجة للساحر
والذي قام بإعطائها الكثير من الهدايا التي كلها كانت
لكي يؤهلها للدخول في سجنه إلى الأبد وان تعيش في
سجنه حياة أبدية يستمد منها الحياة التي تجعله يعيش
الأبدية على سطح الأرض.

لقد البسها فستان زفاف من اختيارها ولكن كان قد
أخبرها بأنه قد اختار لها فستانا من اختياره هو
ويريدها أن ترتديه ليلة الزفاف وبعد ان يغادر
المدعوين للحفل.

لقد كان الساحر يحب الاحتفال بكل زفاف لأنه يحتفل بالحياة التي سيحصل عليها بذلك الزواج.

لقد كان يقيم احتفالات عظيمة ويوزع الطعام ويدعو الأصدقاء فلكل شخص أصدقاء من فصيلته.

فستان العروس الأول والذي كان من اختيارها كان فستانا فخما، جميلا ومليء بالزخرفات والأحجار والكثير من الزركشة والكشكشة.

أما الفستان الثاني والذي كان من اختيار الساحر فقد كان فستانا هادئا رقيقا، ليس له الكثير من الزخرفة بل كان بسيطا جدا.

لكن الفستان البسيط كان يظهر جمال أوكيغاهارا العروس يظهر جسمها ويكشف مفاتنها وكانت هي أجمل من الفستان وعلى العكس بالمقارنة مع الفستان الأول الذي كان يظهر مدى مهارة الخياط الذي قام بتفصيله بطلب من الساحر لزوجته وحسب رغبتها.

ارتدت العروس الفستان الثاني وفعلت مثلما طلب
منها الساحر ونزلت إلى الطابق الأسفل من أجل سهرة
بسيطة بينهما هما الاثنان فقط

لاحظت أوكيغاهارا أشياء غريبة في الجناح الذي أرسلها إليه زوجها الساحر والذي لم يكن ليدعها لوحدها لثانية واحدة ولكنه كان يسايرها من أجل إتمام الزفاف لذا وافق على ذلك الفستان الذي كان يراه سخيفا وطلب منها أن ترتدي الفستان الذي اختاره لها بعد ذلك وكان هذا هو السبب في أن أرسلها إلى جناح لكي تغير ثيابها.

لقد تركتها الخادمات لوحدها وذلك بطلب منهن، كان ذلك الجناح قاتم الألوان ومظلما بعض الشيء

وليس مثل الصالون الذي كانت فيه حفلة الزفاف وهي كلما رأته أوكيغاهارا من بيت الساحر بالإضافة إلى الحديقة التي رأتها أكثر من مرة عندما كانت خطيبته.

لقد شعرت ببعض الرهبة والخوف وتغلبت عليها مشاعر الخوف التي أصبحت أقوى من السعادة التي كانت تشعر بها قبل قليل في حفل الزفاف.

لم تراودها مشاعر الخوف تلك من فراغ بل ولدت من كل تلك الصور في الجناح وعلى طول الرواق قد لاحظت الكثير من صور النساء والوجوه أكثر من الصور الكاملة والملامح لم تكن ظاهرة بل كانت اقرب لصور تماثيل برونزية.

سمعت أوكيغاهارا أيضا بعض الأصوات وقد اعتقدت في البداية بأنه أصوات عادية فسألت الخادمات أكثر من مرة إن كانت إحداهما قد نطقت بكلمة ما

ولكن لم تكن الخادمات قد تكلمن ولم يسمعن أية أصوات أيضا.

إلا أنها قد لاحظت بأنهن قد نظرن لبعضهن بنظرات كلها غمزت وكأنهن يقلن شيئا ما ليعضهن ولكن فقط بالنظرات.

لقد فهمت أوكيغاهارا بأن هناك أمر غريب في القصر وبأن الأمر ليس جيدا بل هو أمر خطير ويثير الخوف والرعب الذي كانت تشعر به.

لم تعد أوكيغاهارا تشعر بالأمان وقد راودتها فكرة غريبة ولأول مرة لقد فكرت بينها وبين نفسها وقالت:

أشعر بشيء غريب.

هل يعقل أن أكون قد تسرعت بهذا الزواج؟

وبينما هي تكلم نفسها وتنظر إلى المرآة حتى تهيأ لها وكأنها قد رأت الوجوه التي على اللوحة التي

وراءها تتحرك وتتكلم وذلك عندما سمعت الأصوات من جديد وكانت تبحث عن المصدر.

لقد كانت الأصوات تحذرها وتنبؤها بالأمر فكانت تقول:

احذري

يجب أن تفري

لوذي بالفرار

اهربي

هيا اهربي

خافت أوكيغاهارا كثيرا، ولكن لم يكن خوفها من الوجوه البرونزية المتحركة أكثر منه من كلامها.

لما يجب أن تهرب وما الذي تقصده الوجوه.

لم تستطع أوكيغاهارا أن تتجاهل كلام الوجوه
ولكنها في نفس الوقت لم يكن بيدها حيلة، فقد استدعاها
الساحر.

يبدو أنها قد تأخرت وقد كان مستعجلا ويريد أن
يتمم المراسيم بشدة.

خرجت أوكيغاهارا من ذلك الجناح برفقة
الخادمات وهي تنظر إلى الوجوه التي على الرواق
والتي كانت لا تزال تكلمها وعندما نظرت إلى
الخادمات بدا لها وكأنهن لا يسمعن شيئا ولا يرين تلك
الوجوه تتحرك.

لقد فهمت بأن الأمر خطير وقد كانت الوجوه البرونزية
تقول لها:

اهربي

اهربي قبل الفجر يجب أن تهربي

إذا طلعت الشمس وأنت هنا فانك سوف تصبحين مثلنا

سوف تسجنين هنا معنا

اهربي على الأقل أنت لوذي بالفرار

ربما يموت الساحر

سوف يستمد منك الحياة وسوف تصبحين خالدة مثلنا

مجرد صورة خالدة

اهربي

ليس لديك إلى فرصة واحدة للهرب

اهربي نحن لا نستطيع فعل ذلك

إن تم سجنك لن تتحرري أبدا

اهربي إلى باعد مكان حيث لا يستطيع أن يجدك فان ألقى القبض عليك قد يعيد الطقوس أو ربما يقتلك ويتزوج امرأة أخرى.

ولكن إن أنت كسرت السلسلة بهربك وخاصة أنه قد قدم وعدا بأن يقدمك الليلة فسوف يعاقب ولربما لن يصبح خالدا بعدها.

كانت أوكيغاهارا تحفظ كل تلك الكلمات التي
تقدمها لها الوجوه البرونزية وقد أصبحت تصدقها، لقد
أمنت بكل كلمة سمعتها وأصبحت تعلم بأنها في خطر
حقيقي ولكن كيف لها أن تنجو.

يجب أن تهرب قبل طلوع الشمس وهذا يعني أن
أمامها بعض الوقت.

بدأت تفكر فقط في الهرب وأصبحت تنظر هنا
وهناك وتتمعن النظر لكي تعرف إن كان في إمكانها
أن تهرب

القصر مليء بالحراس ولكن الجميع مشغول بالاحتفال لقد كانت تفكر في انه ربما يشرب الحراس الكثير من الشراب وقد تسنح لها الفرصة للخروج ولكن ماذا عن الساحر.

الساحر الذي يجب أن لا يشعر بأي تغيير قد طرا عليها، فلو شعر بشيء من المؤكد انه كان ليقضي عليها ومن أجل هذا قررت أوكيغاهارا أن تعامله بنفس الطريقة لكي لا يشعر بشيء.

وصلت أوكيغاهارا إلى الغرفة التي بها الساحر والذي كان قد طلب من الخادمات أن يجهزن بعض الطعام والفواكه وأيضا الحلويات.

وعندما أمر الساحر الخادمات والحرس بالانصراف لكي يبقى لوحده مع عروسه كان لها طلب قبل أن يغادر الجميع فقال لها الساحر:

تفضلي أنت اليوم عروس ولا يرفض للعروس طلب

فقالت أوكيغاهارا:

هلا أكرمت الخدم والحراس ببعض الشراب للاحتفال بنا فهتف الحراس فرحا

ضحت الساحر وقال:

ليكن

هيا اسقوا الجميع شرابا حتى الصباح احتفالا بالزفاف

لقد كان الساحر سعيدا بالزفاف لذا لم ينتبه وبالغ في رد فعله

وهكذا استمر الاحتفال حتى الفجر

مع أول الفجر وقد خلد الساحر للنوم في غرفة الزوجين بينما لم يغمض لأوكيغاهارا جفن وقد كانت مشغولة التفكير في كيفية الهرب وهي مقتنعة بأن ما كانت تفعله مع الساحر ما هو إلا مسايرة لكي لا يقتلها ولكي تلوذ بالفرار.

لم تكن تعتقد بأنها قد تتزوج لمدة ليلة واحدة وبعدها إلا الهرب أو السجن إلى الأبد.

قدم الساحر لأوكيغاهارا في تلك الليلة عقدان أحدهما فقط للزينة والبسه لها من أجل الاحتفال في بداية السهرة وقد كان ثقيلا ولا يصلح بشكل يومي.

وقدم لها عقدا صغير الحجم وخفيف الوزن وعليه قطعة مرسوم عليها زهرة، والبسها لها أيضا وطلب منها أن لا تقتلعها أبدا لأنها رمز حبهما.

لقد كان كثير الهدايا وكان أيضا متشوقا لإعطائها لها كلها دفعة واحدة.

قبل الزفاف لم يكن هكذا إما يوم الزفاف فقد كان يبدو يريد القيام بالكثير مرة واحدة.

عندما خلد الساحر للنوم وأوكيغاهارا لازالت تبحلق في السقف وتفكر في الأمر الذي يجب عليها فعله.

لقد كان يجب عليها التصرف سريعا فليس أمامها الكثير من الوقت.

كما أن الأصوات قد كانت تدور في أفكارها ورأسها وهي تسمعها تقوم بتحذيرها بشكل مخيف وبإصرار كبير.

قامت من فراشها وهي خائفة من أن تحدث أي صوت فيقوم زوجها من نومه وفي تلك الحالة سوف يقضي عليها.

نزعت ثوب النوم وارتدت بعض الثياب، الغريب في الأمر أنها وجدت في الخزانة الكثير من أثواب الزفاف والتي تشبه الثوب اللي طلب منها الساحر ارتداءه ولكنها مغلفة أي أنها في أكياس بلاستيكية.

فهي في الحقيقة لم تجلب معها أي فساتين أو ثياب وذلك بطلب من الساحر الذي اخبرها بأنه سوف يهتم بكل احتياجاتها وسوف يشتري لها كلما تحتاجه بعد الزفاف وليس عليها أن تشتري أي شيء.

لم يكن أمامها حل إلا ارتداء احد تلك الأثواب وسارعت بالخروج ولكنها لم تنزع القلادة ولا الخاتم لأنها كانت مستعجلة.

خرجت مسرعة من البيت وقد كان الحراس
نائمون بالفعل إلا احدهم فقامت بضربه على رأسه
وأسرعت بالخروج من ذلك القصر الذي كان من
الممكن ان تسجن فيه إلى الأبد وهكذا هربت بمساعدة
الوجوه البرونزية.

خرجت أوكيغاهارا من ذلك القصر وهي لا تكاد
تصدق بأنها قد فرت ونجت بحياتها ولكن حدث معها
أمر شديد الغرابة.

الباب الذي خرجت منه أوكيغاهارا لم يكن الباب
الرئيسي والذي دخلت منه بل كان باب آخر في آخر
الحديقة الخلفية للقصر وقد توجهت إلى هناك من أجل
انه لم يكن هناك الكثير من الحراس.

لقد خرجت من ذلك الباب وأسرعت والجو لا
يزال مظلما بعض الشيء وأسرعت متجهة إلى أي
مكان المهم أن تبتعد عن القصر قد الإمكان.

لقد سارت لساعات وساعات حتى طلعت الشمس واتضحت لها الرؤية، لقد ابتعدت عن القصر كثيرا وكان يبدو أنها تسير داخل غابة وبالفعل هي كانت تعرف بأن قصر الساحر في خلفه غابة ولكن هي لم تكن من المدينة ولا تعرف ما مدى حجم الغابة ولا شكلها ولا ماذا يوجد فيها.

لم يكن قد طال بقاؤها في المدينة كثيرا حتى أغرمت بالساحر ووافقت على الزواج منه عندما تقدم إليها بطلب الزواج والذي كان فعلا سريعا، ورغم غرابة الموقف إلا أنها كانت متشوقة لأن تؤسس عائلة ولم تصدق أن أغرم بها رجل مثل الساحر وطلبها للزواج.

شعرت أوكيغاهارا ببعض التعب وهي لا ترى أي
مخرج أو سبيل للخروج من تلك الغابة ولن التعب قد
نال منها بعد أن كانت تسير لساعات وساعات ولكن
ربما تكون قد ابتعدت بالفعل عن القصر وربما هي
بأمان إلا انه لا يزال عليها الخروج من الغابة والتوجه
إلى أية مدينة أخرى.

قررت أوكيغاهارا أن ترتاح لبعض الوقت وأن
تلتقط أنفاسها من أجل مواصلة السير

لقد استخلصت من كلام الوجوه البرونزية بأنه يجب عليها أن تهرب وإلا فانه إن ألقى القبض عليها أي الساحر فهو سوف يسجنها معهن وسوف يصبح لها نفس المصير مثلهن.

لم تكن تلك الوجوه البرونزية إلا زوجات الساحر، أنهن كل الزوجات اللواتي تزوج بهن وسجنهن في الجدران واللوحات للتقرب من ما يعبد وأيضا في طقوس للتضحية مقابل الحصول على الخلود.

خلدت أوكيغاهارا للنوم، بدل أن ترتاح فقط لبعض الوقت.

عندما استيقظت أوكيغاهارا وجدت نفسها في نفس المكان في نفس الغابة فقامت وتبعت الطريق وقد كان الجو قد تغير ربما شارفت على الغروب.

أسرعت للخروج من الغابة وعندما خرجت تفاجأت بطفلة صغيرة تجري باتجاهها وتقول لها:

أمي.. أمي لقد وجدت

ثم إلتفت الطفلة إلى الوراء وقالت:

جدتي لقد وجدت أمي

أمسكت الطفلة يد أوكيغاهارا وسحبتها باتجاه بيت صغير كان مقابلا للغابة.

كانت أوكيغاهارا مذهولة ولم تجد ما تقوله للطفلة الصغيرة فرافقتها إلى حيث أخذتها.

لقد كانت الطفلة مقتنعة تماما بأن أوكيغاهارا هي حقا والدتها وهي لم تشأ أن تخيفها لذا التزمت الصمت.

دخلت أوكيغاهارا إلى ذلك البيت ونظرت إلى السيدة العجوز التي كانت تجلس على كرسي في وسط البيت بينما أخذتها الابنة إلى طاولة الطعام وقالت لها:

لقد نضج الطعام وأنا جائعة جدا هلا يمكنك أن تضعي لي بعض الحساء في الصحن.

فنظرت أوكيغاهارا إلى السيدة العجوز التي أومأت لها بأن ضعي الطعام للطفلة في صحنها.

وضعت أوكيغاهارا الطعام في صحن الطفلة التي كانت تشعر بالجوع الشديد وقد كان هناك طبق آخر على الطاولة و أوكيغاهارا تشعر بالجوع لأن الأصوات كانت تصدر من بطنها فنظرت إلى السيدة العجوز مرة أخرى فقالت لها السيدة العجوز:

ضعي بعض الحساء في الصحن الآخر وتناولي بعض الطعام فأنت لا شك تشعرين بالجوع.

أوكيغاهارا: (وهي تشعر بالكثير من الامتنان)

شكرا لك

وضعت أوكيغاهارا حساء في الصحن وجلست تتناوله وقد كانت وكأنها لم تأكل منذ زمن طويل، وتناولت الطعام حتى شبعت.

بعد أن شبعت الطفلة استأذنت بالذهاب إلى غرفتها من أجل الخلود إلى فراشها.

قبلت أوكيغاهارا وقالت لها:

تصبحين على خير يا والدتي العزيزة

ثم قبلت جدتها وذهبت إلى غرفتها.

بقيت أوكيغاهارا والسيدة العجوز لوحدهما في تلك الغرفة وهما في حالة من الجمود والغرابة، وبينما كانت أوكيغاهارا الأرض حرجا فهي لا تعلم ما يمكنها أن تقوله للسيدة العجوز بينما حفيدتها تعتقد بأنها والدتها ولكن السيدة العجوز قد كسرت الجليد فبدأت الحوار وقالت:

من أنت؟

أوكيغاهارا:

حسنا أنت تعلمين بأنني لست ابنتك؟

ضحكت السيدة العجوز ضحكة خفيفة ثم قالت:

بل زوجة ابني

أجل أعلم ذلك فما هي قصتك؟

أوكيغاهارا:

أجل أنا لست زوجة ابنك ولكن أنا لا اعرف أين أنا

أظن أنني تائهة نوعا ما

السيدة العجوز:

قصي علي قصتك من البداية ربما يمكنني مساعدتك

أوكيغاهارا:

ولكن قصتي غريبة ولا أظن أن أي احد قد يصدقني

السيدة العجوز:

لن تكون قصتك أغرب من قصتنا

أوكيغاهارا:

ماذا تقصدين؟

السيدة العجوز:

أنا لا أرى، أنا سيدة عمياء

أوكيغاهارا:

ولكن كيف ذلك؟

هذا غير معقول أنت كنت تنظرين لي قبل قليل

السيدة العجوز:

تلك ليست عيناي انه مجرد قناع أضعه لكي أخيف
الغرباء أما في الحقيقة فانا عجوز عمياء ولكنني أجيد
الاستماع واقرأ الحركة كما أن لي قدراتي الخاصة
وأمكنني أن اعرف بأنك لا تضمرين الشر.

أوكيغاهارا:

لا.. لا.. أنا لا أريد أن أؤذي أي احد بل بالعكس أنا
أريد النجاة بنفسي.

السيدة العجوز:

أعلم، لقد شعرت بذلك فأنا استطيع أن استشعر النوايا

أوكيغاهارا:

شكرا لأنك تصدقينني

السيدة العجوز:

اسمعي كان هناك ساحر يعيش في الطرف الآخر من
الغابة قبل مئات السنين وقد لعنني لذا أنا أعيش هنا

أوكيغاهارا:

اعرفه انه من أنا هاربة منه، ولكن ليلة البارحة
تزوجنا فكيف تقولين مئات السنين.

ربما أنا مخطئة.

السيدة العجوز:

لا لست مخطئة انه نفسه فهو خالد ولا يموت

أوكيغاهارا:

أرجوك ساعديني لا أريده أن يتمكن من القبض علي

السيدة العجوز:

لقد كانت لابني خطيبة ولكنه خطفها وتزوجها فمات ابني من الحسرة لخسارة خطيبته وقد كانا يحلمان بأن يتزوجا وينجبان طفلة صغيرة.

الطفلة التي رأتها ما هي إلا حلم ابني أعيش به وليست طفلة حقيقية.

أوكيغاهارا:

ولكن كيف ذلك لقد لمستها كلمتها أنها طفلة حقيقية

السيدة العجوز:

لا ليست حقيقية، إنها مجرد حلم

فبعد أن مات ابني قررت الانتقام لموته واختفاء

خطيبته وهكذا حاربت الساحر فلعنني وسجني هنا

أوكيغاهارا:

هل أنت مسجونة؟

السيدة العجوز:

أجل أنا مسجونة وأنت كذلك يا عزيزتي

أوكيغاهارا:

لا طبعا لا

أنا لست مسجونة

السيدة العجوز:

هل تريدين أن اثبت لك ذلك؟

أوكيغاهارا:

أجل

السيدة العجوز:

اسمعيني كلما خلدت إلى النوم سوف تجدين نفسك في الغابة وفي نفس المكان

هل خلدت للنوم بعد فراراك مرة؟

أوكيغاهارا:

أجل

السيدة العجوز:

وأين استيقظت؟

أوكيغاهارا:

بعد أن هربت مشيت كثيرا حتى شعرت بالتعب فخلدت للنوم في الغابة وعندما استيقظت واصلت المشي حتى وجدتني حفيدتك.

السيدة العجوز:

وهكذا سوف يحدث معك كلما خلدت إلى النوم وهذا يعني انك سجينة ولكن لديك فرصة.

أوكيغاهارا:

فرصة..

ماذا تقصدين؟

السيدة العجوز:

أجل لديك فرصة وذلك لأنه على ما يبدو انك قد هربت قبل طلوع الفجر وهذا يعني بأن سحر الساحر لن يعطيه نتيجة كما يرغب هذه المرة ولكن....

أوكيغاهارا:

ولكن....

السيدة العجوز:

أظن أن الساحر قد عرف بهروبك لذا فقد ألقى عليك
تعويذة لكي لا تخريجي من الغابة وطالما أنت فيها
سوف يحاول أن يعوض خسارته بطريقة أو بأخرى
من أجل أن يواصل الحياة بأبدية.

أوكيغاهارا:

ولكن ماذا يجب أن افعل؟

السيدة العجوز:

أولا:

يجب أن تتأكدي من كلامي لا أريد أن أضعك في
حيرة أو أنصحك بما قد لا تقدري على فعله

أوكيغاهارا:

أنا استطيع أن افعل أي شي

السيدة العجوز:

لا تكوني متهورة

لا تستطيعين أن تفعلي كل شيء ربما لن يعجبك الحل الوحيد الذي أمامك

أوكيغاهارا:

وما هو أخبريني رجاء؟

السيدة العجوز:

اسمعي كلامي جيدا

أوكيغاهارا:

حسنا

السيدة العجوز:

أولا:

إن أردت أن تتأكدي فنامي وانظري أين تستيقظين وأن وجدت بأنك دوما في الغابة فاعلمي بأن كلامي صحيح.

أوكيغاهارا:

وماذا إن لم يكن كلامك صحيحا؟

السيدة العجوز:

إن لم يكن صحيحا واصلي حياتك وابحثي عن حياة تعيشينها.

سافري حاولي الابتعاد كثيرا عن هنا لأنه سوف يقبض عليك لأنه لن يسامحك وقد سجنك فقط لكي يقبض عليك أو ربما لكي يعوض قربانه.

أنا حقا لا اعلم بما سوف يبدأ بمطاردك أو تعويض القربان ولكن أظن الاحتمال الثاني هو الأقرب.

أوكيغاهارا:

وماذا إن كان كلامك صحيح؟

السيدة العجوز:

إن مللت من كونك تستيقظين في نفس المكان يأتي دور الحل الثاني وهو الحل الأخير والحل الوحيد.

اسمعي أولا لدي ملاحظة

أوكيغاهارا:

وما هي؟

السيدة العجوز:

أنت لن تجديني مرة أخرى لقد وجدتني فقط بمساعدة

زوجات الساحرة وأرواحن المسجونة ومنهم خطيبة ابني

أوكيغاهارا:

هل تقصدين الوجوه البرونزية؟

السيدة العجوز:

أجل، لقد حاولت مرة أن أحررهم ولكنني خسرت كل شيء

أوكيغاهارا:

وما هو الحل الأخير؟

السيدة العجوز:

عليك أن تكسري السلسلة فأنت حلقة فيها وإن أنت تحررت سوف يفسد سحر الساحر ويموت وتحرر كل الأرواح المسجونة

أوكيغاهارا:

أنا أريد ذلك

كلما أطلبه هو الفرار والحرية

السيدة العجوز:

آسفة يا حبيبتي فللحرية أوجه مثيرة ولا اعتقد انك
تبحثين عن الحرية التي تقترن بالحل الأخير.

أوكيغاهارا:

وما هو؟

السيدة العجوز:

إنه الموت

أوكيغاهارا:

الموت؟

السيدة العجوز:

أجل الموت هو حلك الوحيد.

فان أنت تحررت بالموت وهو الحل الوحيد خسر الساحر وتحررت كل الأرواح مثلك تماما وربما أنا أيضا.

أوكيغاهارا:

إنه الموت إذن.

السيدة العجوز:

أتمنى لك الخير يا ابنتي.

أوكيغاهارا:

ماذا الآن؟

السيدة العجوز:

إن أردت يمكن الخلود للنوم هنا ولكن لا أعتقد بأن

سوف تستيقظين هنا.

أوكيغاهارا:

حسنا إنه قدري ويجب أن أواجهه

السيدة العجوز:

مازال هناك شيء عليك القيام به

أوكيغاهارا:

وما هو؟

السيدة العجوز:

انزعي تلك القلادة التي جعلت تلبسينها لأنها تربط به

أوكيغاهارا:

لقد أعطاني خاتما أيضا

السيدة العجوز:

أجل اعلم الخاتم هو رمز زواج ولكي تبقي كل حياتك كسجينة وعندما تنزعين سوف تفتح لك أبواب أخرى، وسوف تفهمين كلامي فيما بعد

أوكيغاهارا:

وماذا عن الثوب لقد أخذته من خزانة مليئة بالأثواب المماثلة له، ولكنها فساتين زفاف.

السيدة العجوز:

بالنسبة للثوب إذهبي إلى الغرفة الأخرى فيها خزانة واختاري ثوبا، إنها هدايا الزفاف كنت قد اشتريتها لخطيبة ابني ولكن لم تستلمها.

وخذي الثوب الذي ترتدينه الآن وقومي بإحراقه في الخراج وهكذا سوف تحترق كل الأثواب التي لدى الساحر في الخزانة وتضعف قواه السحرية لأنه قد حضرت كل تلك الأثواب بطريقة صعبة ومتعبة ولن يعوضه فيها احد.

سوف يتعب كثيرا وينتظره الكثير من العمل

إن هربك قد قسم ظهره

أوكيغاهارا:

حسنا، سوف افعل كلما طلبت مني وفي الحال

السيدة العجوز:

وسوف أساعدك بشيء

خذي هذا القناع الذي يعطيك قدرة على الرؤية وسوف يساعدك على تذكر كلما حدث معك وفي كل مرة تستيقظين خبئيه داخل ثيابك واستعمليه كلما قررت الخلود للنوم.

وعندما تستيقظين سوف تجديه داخل ثيابك فلا تستعملين إلا عندما تقررن الخلود للنوم.

وأيضا استعمليه مرة أخيرة إن قررت اللجوء إلى الحل الأخير

أوكيغاهارا:

كيف استعمله فقط أضعه على وجهي

السيدة العجوز:

نعم سوف يمكنك من إيجاد الحل الأخير

لأن الموت ليس سهلا

أوكيغاهارا:

كيف ليس سهلا، ألا يمكنني أن اقتل نفسي ببساطة

السيدة العجوز:

لا.. لا يمكنك أنت سجينة سحر وسجين السحر لا يتحرر بسهولة.

وإن حاولت فان كل محاولاتك سوف تبوء بالفشل.

سوف تشعرين بالموت والألم ولكنك سوف تستيقظين مرة أخرى.

أوكيغاهارا:

إذن كيف عساي أقتل نفسي؟

السيدة العجوز:

لقد أخبرتك سابقا

ضعي القناع وابحثي عن زهرة بيضاء واستنشقيها وسوف تخلدين إلى نوم لا تقومين منه تحت تلك الشجرة التي أعطيتك الزهرة الزرقاء كحل.

أوكيغاهارا:

زهرة بيضاء

السيدة العجوز:

أجل زهرة بيضاء سوف تعرفينها فور وقوع نظرك عليها، إنها زهرة مميتة وترحب بضحاياها فهي تعتقد بأنها تهبهم الموت لا لأنها تخطف منهم الحياة.

تلك الزهرة هي الحل الوحيد والوسيلة الوحيدة لكي لكي تفري من الحياة وحتى لو جربت أكثر من طريقة فإنها الحل الوحيد للموت والتجربة خير برهان.

شكرت أوكيغاهارا السيدة العجوز وفعلت كلما طلبته منها ثم توجهت إلى الغرفة التي بها سرير وخلدت للنوم.

استيقظت أوكيغاهارا في اليوم الموالي وكانت
الشمس ساطعة ولكن لم تجد نفسها في السرير الدافئ
الذي خلدت اله، بل وجدت نفسها في نفس المكان الذي
استيقظت فيه اليوم السابق ولكن لعض الأمور بدت
مختلفة.

نظرت حولها ثم نظرت إلى نفسها لكي تتأكد وإذا
بها ترتدي فستانها الذي ارتدته ليلة البارحة وليس
فستان الزفاف الذي أخذته من خزانة الساحر، ولم تكن
تضع القلادة في رقبتها ثم نظرت إلى يدها وإذا بالخاتم
ليس في إصبعها.

يبدو أنها بالفعل كانت في بيت السيدة العجوز
وعندما تذكرتها بحثت في صدرها حيث خبأت القناع
الذي أعطته لها العجوز وبالفعل كان هناك.

حضنت القناع وهي تشعر بالامتنان للسيدة العجوز
التي ساعدتها في فهم كل ما يدور حولها.

قررت أوكيغاهارا أن تجرب حظها في البداية
فربما كانت السيدة العجوز مخطئة رغم أن الأمل في
ذلك لم يكن كبيرا لأنه لحد الآن السيدة العجوز محقة
في كل ما قالته.

أرادت أوكيغاهارا أن تجرب حظها وهكذا سارت
واستمرت في المشي طويلا حتى خرجت من الغابة
وإذا بها تجد فتاة شابة أمامها وهي تناديها باسم مختلف
وتقول لها بأنها أختها وهي تبحث عنها منذ الصباح
فأخذتها إلى بيت وجلست معها تخبرها الكثير، بينما
أوكيغاهارا تدعي المرض وأنها تشعر بدوار.

بقيت هناك ولكن لم تعجب بما رأته كثيرا لقد
شعرت وكأن الأمر يبدو اقرب للوهم

ادعت أوكيغاهارا أنها تشعر بالتعب ودخلت إلى غرفة أخبرتها أختها أنها غرفتها ووضعت القناع وخلدت للنوم.

وهكذا عندما استيقظت أوكيغاهارا وجدت نفسها في الغابة وفي نفس المكان الذي خلدت إلى النوم فيه لأول مرة وبنفس الثوب الذي أعطته لها العجوز وهو ثوب اصفر اللون مع بعض اللون الأبيض والقناع مخبأ في صدرها أيضا.

سارعت بالخروج من الغابة فإذا بها تجد امرأة، وقد حضنت هذه الأخيرة وأخبرتها بأنها ابنتها التي كانت تحاول الهرب من البيت وهي تسامحها وتريد منها العودة معها إلى البيت.

ذهبت معها وقد تضايقت لأن الأمور تبدو متشابهة، فكان هروبها من هذه الحيوات التي تصادفها هو النوم.

وكلما نامت واستيقظت تكرر منها ما يحصل ماعدا البطال في القصة يتغيرون وقد شعرت بملل كبير.

في إحدى المرات وجدت طفلا أخبرها بأن السيدة العجوز التي هي تقوم برعايتها تطلب رؤيتها.

اعتقدت أوكيغاهارا بأنها نفس السيدة العجوز التي ساعدتها قبل أسابيع فسارعت إليها ولكنها تفاجأت بأن وجدتها سيدة مقعدة وهي كانت مثل الخادمة لديها تساعدها في أعمال البيت وترعاها أيضا.

لقد كانت السيدة العجوز محقة في كثير من الأمور ومنها بأنه لا يمكن أوكيغاهارا أن تراها مجددا.

لقد أرادت أوكيغاهارا أن تتجاوز الغابة فهي في كل مرة تجد شخصا ويقف بينها وبين الهروب بعيدا.

وفي مرة وجدت رجلا واخبرها بأنه خطيبها هنا تذكرت كلام السيدة العجوز عندما أخبرتها بأن نزعها لخاتم الساحر سوف يفتح لها أبوابا كثيرة.

احتضنت أوكيغاهارا ذلك الرجل وطلبت منه أن يأخذها بعيدا بعيدا عن الغابة.

وبالفعل أخذها في سيارته وانطلق بعيدا مثلما طلبت منه فحاولت أن لا تغفو لكي لا تنام فتفقد كل تلك المسافة التي سافرها بها الرجل.

شربت القوة كثيرا وتناولت حبوبا لكي لا تنام وبعض المنشطات وهي تحاول بلوغ ابعد مسافة عن الغابة.

وهكذا اعتقدت بأنها انتصرت ولكن عندما وصلت إلى بيت اخبرها بأنه بيته أخذت حماما وبعد ذلك أعطاها عصيرا لقد اعتقد بأنها متوترة وهي لم تنم لمدة يومين حيث توقفوا خلال السفر ونام هو بينما هي كانت تشرب القهوة وتتناول الحبوب ولكي يساعدها وضع لها منوما في العصير.

وبعد أن تناولته وهي سعيدة ولا تعرف كيف لها إن فرت لمدة يومين وتفكر في الخطة القادمة في حياتها.

شعرت أوكيغاهارا بالتعب فجأة واتكأت على السرير وهي بروب الحمام فأخبرها خطيبها بما فعله بنية المساعدة وهو يخبرها كلم يحبها وكم اشتاق لها وكم هو سعيد بعودتها.

خافت كثيرا ولكن مخاوفها لم تكن من عدم

استقضت من نومها وهي في الغابة وفي نفس المكان وبنفس الثياب ولكن العجيب هو أن القناع مازال في صدرها تحت ثيابها.

بدأت أوكيغاهارا تعتقد بأنها داخل حلم أو تعيش وهم أو إنها نائمة ولكن كل ما يحصل معها مجرد أحلام أو أنها مسجونة في الأحلام.

لم تعد على يقين

بل وكانت تفكر في أنها ربما ميتة وهذا ما يحدث بعد الموت.

فكرت كثيرا وفكرت في انه ربما كلام السيدة العجوز ليس صحيحا وربما السيدة العجوز هي أيضا مجرد حلم أو وهم.

فكرت أيضا في انه من الممكن أنها قد جنت أو أنها بالفعل مسجونة في سجن الساحر.

ولكنها لم تستطع أن تستسلم وقالت في نفسها:

ما دمت اشعر بالهواء الذي أتنفسه سوف أحاول الهرب أو أو .. أو الموت

إن لم استطع الهرب سوف الجأ إلى الحل الأخير.

أخذت حجرا حادا من على الأرض وجرحت نفسها لكي تتأكد ما إن كان حلما أو حقيقة ولكن الحجر جرحها ونزلت من يدها الدماء.

بعد أن تأكدت أوكيغاهارا بأنها حية قامت من مكانها وهي تفكر في خطة جديدة.

سارت وقد كانت تسمع صوت مياه وهذه المرة لم تمشي من نفس الطريق التي كانت تسير فيها الأسابيع الماضية بل تبعت صوت الماء

وإذا بها تصل إلى شلال فقررت الانتحار

ألقت بنفسها من ذلك المكان العالي فسقطت وماتت.

لقد كان موتا صعبا شعرت بالماء وبالغرق وبالاختناق وبالخوف أيضا وهي تسقط من ذلك العلو ولكنها كانت سعيدة لأنها سوف تتخلص من الحياة.

استيقظت أوكيغاهارا لتجد نفسها في نقطة البداية فقامت هذه المرة وسارت تبحث عن الزهرة لقد قررت الموت بالزهرة فالموت في المرة السابقة كان صعبا ولم تعد تريد أن تحاول ذلك مرة أخرى.

لقد أصبحت تؤمن بكلام السيدة العجوز وسوف تنتهج طريقتها لكي تتخلص من الحياة ومن الوهم وتتحرر من الساحر وتحرر كل تلك الأرواح المسجونة وأيضا لكي تحرر السيدة العجوز ولكي تحرم الساحرة من الحياة الأبدية.

وضعت أوكيغاهارا ذلك القناع على وجهها وراحت تجوب الغابة وتبحث عن الزهرة.

وبعد ساعات وبحث استمر لساعات طويلة، ويعد أن نال منها التعب وكادت تجلس أو تنام رأت ذئبا فخافت منه كثيرا وهربت.

كانت هي تجري والذئب يجري وراءها وبعد مطاردة عنيفة سقطت على الأرض واذا بها ترى زهرة على الأرض بيضاء.

لقد شعرت بأنها هي نفسها الزهرة التي تبحث عنها

رفعت رأسها إلى النبتة التي سقطت منها الزهرة وهي سعيدة بأنها وجدتها وقد نسيت الذئب وخوفها ومنها

الذئب لم يعد موجودا وكأنه قد قادها إلى الزهرة

رفعت يدها إلى النبتة وقطفت زهرة ونظرت إلى الغابة وكأنها تردعها ونظرت إلى السماء.

ثم أغمضت عينيها وتذكرت كل تلك الوجوه البرونزية والسيدة العجوز وقصة ابنها وخطيبته وتذكرت الساحر الطي هي تريد أن تحرمه من الحياة بشدة واستنشقت الزهرة، ونامت نوما عميقا لم تصحو أوكيغاهارا بعده أبدا.

وتحولت إلى زهرة على الشجرة وأصبحت هذه الشجرة هي الملاذ الوحيد لمن يريد التخلص من الحياة رغم محاولاته الفاشلة قبل الزهر إلا أن الزهرة هي الحل الوحيد.

الحل الأخير.

الحل الحقيقي.

وأنهت حياة أوكيغاهارا وتحررت هي بالموت وتحررت كل أرواح الفتيات المسجونات في اللوحات

والصور، اللواتي كانت تطلق عليهن الوجوه البرونزية وتحررت السيدة العجوز وخطيبة ابنها أيضا.

لقد حرم الساحر من الأبدية وليس فقط ذلك بل حرم من الحياة أيضا وبانتقام تلك الأرواح مات بطريقة بشعة

وأصبحت أوكيغاهارا أسطورة الأبدية.

لقد تحصل الساحر على الأبدية في عالم بشع جدا حبس فيه بفعل الأرواح المنتقمة.

زهرة الموت والحياة

Sommaire